AF257080